PENELOPEIDE

A tutte le donne che smettono
di attendere un eroe che le salvi
e decidono di salvarsi da sole

Introduzione

L'idea di scrivere *Penelopeide* è nata nel 2014, nove anni prima della pubblicazione. Era il mese di febbraio, stavo per terminare il mio dottorato di ricerca in Scienze della Terra e mancavano ancora vari mesi prima che si riavviasse a settembre il nuovo anno scolastico e io riprendessi ad insegnare alle scuole medie, il lavoro che attualmente svolgo e che in quel periodo avevo appunto interrotto per i tre anni dedicati all'attività di ricerca presso l'Università della Basilicata.
Era il momento adatto per dedicarmi all'otium letterario in una condizione di spirito di profonda serenità. L'idea nacque mentre ero immersa nella lettura del saggio di Virginia Woolf "Una stanza tutta per sé", inno al genio e alla creatività artistica femminile.
Più procedevo nella lettura del libro, e più avvertivo come un richiamo, un'esigenza di dare risposta all'appello che la scrittrice rivolge all'universo femminile da quelle pagine vibranti di impeto nell'esortare le donne a scrivere, a dare spazio al proprio pensiero e alla propria creatività.
"Vorrei chiedervi di scrivere ogni genere di libri, senza esitare di fronte a qualunque argomento, per quanto comune o per quanto vasto. In un modo o nell'altro, spero che avrete denaro sufficiente per viaggiare e per oziare, per contemplare il futuro o il passato del mondo, per sognare sui libri e perdere tempo agli angoli di strada e lasciare che la lenza della corrente peschi a fondo nella corrente. Perché non vi confino in nessun modo al

romanzo. Se voleste farmi piacere dovreste scrivere libri di viaggi e di avventure, di ricerca e di erudizione, di storia e di biografia, di critica e di filosofia e di scienza".
"Quando vi chiedo di scrivere più libri, vi sto incitando a fare qualcosa che contribuirà al vostro bene e al bene del mondo intero".
Ma il richiamo definitivo lo avvertii nella parole rivolte alla romanziera Mary Carmichael alla fine del quinto capitolo: "considerando che Mary Carmichael non era un genio, ma una ragazza sconosciuta che scriveva il suo primo romanzo in una camera-soggiorno, con ben poche di quelle cose tanto desiderabili, il tempo, il denaro e l'ozio, se l'era cavata abbastanza bene, pensavo. Datele altri cento anni, conclusi leggendo l'ultimo capitolo... datele una stanza tutta per sé e cinquecento sterline l'anno, lasciatela parlare liberamente... e uno di questi giorni scriverà un libro migliore. Fra altri cento anni, dissi rimettendo *L'avventura vitale* di Mary Carmichael all'estremità dello scaffale, sarà un poeta".
Scrivere. Non in prosa ma con il linguaggio poetico. Glorificare nell'alloro le imprese di donne coraggiose che hanno cambiato il corso della storia. Dare compimento al richiamo di Virginia.
Nacque così l'idea folle di dare un corso alternativo alla storia di Penelope. Era ora che Penelope smettesse di attendere Ulisse e cominciasse la sua epopea, il suo viaggio nel tempo attraverso le imprese eroiche di donne che hanno cambiato il corso della storia. Era ora di imprimere questo sogno nell'eleganza del verso. Ho scelto di usare le terzine di endecasillabi a rima incatenata come nella Divina

Commedia di Dante. Non per presunzione, è che mi pareva la scelta più adeguata per rispondere al richiamo di Virginia, guida di Penelope nel viaggio che ha dato continuità alle gesta di eroine la cui gloria meritava di essere impressa nel verso.
Trecentosessanta strofe. Un proemio e dieci canti. 360 è un numero simbolico. I gradi del cerchio. La ciclicità del tempo, della vita e delle sue stagioni. Il senso di una storia che trova compimento nel viaggio della regina di Itaca attraverso il "tempo delle donne"! Dalle epopee degli eroi a quella delle eroine.
Non è stato semplice, lo ammetto, il fatto di costringere le idee e le immagini affastellate nel pensiero a trovare forma nel suono degli endecasillabi e delle rime!
Ma era giusto che anche una donna avesse l'ardire di provarci, senza nessuna pretesa di perfezione, per carità, ma quanto meno con l'ambizione di fare un tentativo!
È stato un minuzioso, lungo lavoro di scalpello, che ha richiesto anni di lavoro e di aggiustamenti. Ho dovuto superare lo scoglio della rinuncia più di una volta, ma ce l'ho fatta! Ho chiuso il cerchio e ho dato vita al mio progetto.

"L'oceano di parole con orgoglio
potrà fluire senza inibizione:
il mare non si accorge dello scoglio"

Sono soddisfatta di aver dedicato il mio tempo a questo libro e mi commuovo nel rileggerlo!

Alle donne che leggeranno Penelopeide o anche solo questa introduzione, voglio lasciare un messaggio: non arrendetevi mai di fronte ai grandi progetti, alle idee folli che vi compaiono in mente! Andate avanti, sempre! Non importa quanto tempo e quanto sforzo ci vorranno. Quello che conta è non arrendersi!
Mi auguro con tutto il cuore che Penelopeide vi piaccia e vi sproni a sognare e a realizzare tutti i vostri sogni, così come Virginia Woolf ha spronato me a scrivere dopo aver letto "Una stanza tutta per sé".

Non sono una letterata, sono una geologa. Chiedo scusa fin da adesso se qualche o più di qualche endecasillabo non è perfetto, ma proprio come diceva Virginia Woolf a proposito di Mary Carmichael, ci ho provato facendo del mio meglio!

Buona lettura

Roberta Labella

Proemio

1. Sapienza, luce viva di creazione
sovrana d'ogni scienza e d'ogni arte
illumina lo sforzo e l'intuizione.

2. Inonda Tu di vita queste carte,
sussurra il canto, nutri l'intelletto
che Venere componga la sua parte.

3. Si liberi la voce chiusa in petto
si esprima l'entusiasmo del pensiero
si sciolgano i legacci dell'affetto.

4. Il vento soffi e navighi il veliero
si spieghino le vele all'orizzonte
rinasca nuova luce sul sentiero.

5. D'ispirazione pura sii la fonte,
le immagini si fondano col verso
diventino tutt'uno con la fronte.

6. Aiutami a narrar final diverso:
la sorte di colei che amò l'eroe
che in patria non tornò e andò disperso.

Canto I

7. Penelope fissava l'orizzonte;
gli occhi tristi e spenti nella stanza,
non sorge ancora l'alba dietro al monte.

8. Nell'aria un vel di nebbia cupo danza;
è freddo il grande letto bianco e vuoto,
è grigio il nuovo giorno che s'avanza.

9. Ritorna con la mente al volto noto
e un brivido percorre la sua schiena,
l'attesa è troppo lunga e vano il voto.

10. La donna porta in seno la sua pena
non osa confessarla con la voce,
ma il sangue nelle vene si scatena.

11. Non è solo il dolore che ora coce
d'avere perso l'uom desiderato;
un'altra sofferenza ancor più nuoce

12. e rende l'avvenire disperato:
il fatto di doversi accontentare
di stare accanto a chi non sarà amato.

13. Poiché non c'è per lei altro da fare:
"figlia sorella amante madre sposa",
il suo destino agli uomini saldare.

14. Non c'è altra speranza d'esser rosa
e accedere al giardino della vita:
"da sola tu saresti poca cosa!"

15. Il monito le squarcia la ferita,
le appare insopportabile il progetto
di andare a un vile Proco in moglie unita.

16. Or poggia le sue mani al parapetto
lo sguardo ancora fisso oltre il confine,
volare via, congiungersi al diletto.

17. Socchiude gli occhi, volano le trine:
quant'è dolce l'amara prospettiva
che al trascinar dei giorni si dia fine!

18. E l'ultimo respiro già saliva
quand'ecco d'improvviso come un tuono,
un verso di gabbiano sulla riva.

19. Squarciato fu il silenzio da quel suono,
vibrò come violino nella brezza
la voce del Creato, di un Dio buono.

20. Avvolta da una tenera carezza
riapre gli occhi al cielo la regina

pervasa da una fulgida certezza:

21. che mai la vita nostra è sì meschina,
persino nel dolore più profondo
il sole potrà sciogliere la brina.

22. E vola il bel gabbiano verso il mondo,
oltre l'azzurro, al di là del mare
si apre un'alba nuova sullo sfondo.

Canto II

23. Nel vivido bagliore del mattino
più chiara appare l'ardua decisione
e si delinea il passo del cammino.

24. È tempo di cambiare direzione,
di dare spazio e forma al cambiamento,
di ritrovare il fuoco e la passione;

25. di dare fine al gelido tormento,
di ridonare un senso all'esistenza
e di mutare in gioia il turbamento.

26. Creature a voi è donata la Sapienza
di trasformar veleno in medicina
di fare del dolore l'Esperienza

27. da cui ricominciare ogni mattina
a ridonare un ordine alle cose,
ricostruire il Tempio da rovina!

28. Il Tempio della vita in cui Dio pose
un seme di speranza e di coraggio,
un fertile terreno per le rose:

29. le rose, che nel teporoso maggio
rinnovano miracol di bellezza...
e dal letame nobile messaggio![1]

30. Rinasce in lei, Penelope, certezza
che non sia stato vano il suo dolore:
si può plasmare in bene l'amarezza.

31. E adesso non son secoli le ore
il tempo ormai ha ripreso il suo fluire,
la mente si è svegliata dal torpore.

32. E ad illustrar l'idea è presto a dire:
sembianze di un ragazzo avrebbe preso
tagliando i bei capelli e nel vestire.

33. La sera, poi che il sole fosse sceso,
sarebbe andata lesta verso il porto
lasciando il suo castello senza peso.

34. E pria che l'astro sia di nuovo sorto
furtiva nel vascel sarebbe entrata
in modo che nessun ne fosse accorto.

35. La nave che ora al molo è ormeggiata
col carico di stoffe nel suo grembo
all'alba del doman sarebbe andata

36. verso orizzonti ignoti via dal lembo

di quella terra amata e troppo stretta
su cui da anni pesa un cupo nembo.

37. Sulle indistinte vie del mar diretta,
nascosta e clandestina nella stiva
il viaggio cominciò e cosa l'aspetta...

38. lei ancora non lo sa, e lì alla riva
il suo pensiero va per un istante:
fuggiasca ebbene sì, ma ancora viva!

Canto III

39. Raccolta nel gran ventre della nave
immobile ne attese il movimento,
persino il fiato le pareva grave.

40. Accelerò il suo cuore nel momento
in cui avvertì il rollare delle onde
e il fluïdo avanzar del bastimento.

41. Recisa dalle care e note sponde
senza il conforto di persona amata
nemmeno delle ancelle verecconde,

42. sentì come il sentire di neonata
al taglio del cordone ombelicale
divelta dalla madre, disperata,

43. esplose in quel lamento universale
ch'è il suono che accompagna nuova vita
col suo dolore umano e naturale.

44. Ma come atleta dopo la salita
o come un bimbo dopo il lungo pianto,
anch'ella si sentì alfin sfinita.

45. E mentre il cielo d'oro e d'amaranto
annuncia un giorno nuovo sopra il mare,
Morfeo cantò a Penelope il suo canto.

46. Il sonno non tardò ad arrivare
donandole il sognare più gradito:
in luce bianca, bianca forma appare.

47. Sebbene il lineamento sia sbiadito
in quel candore vivido, accecante,
distinse la regina il volto ambito.

48. Vision celeste o sogno delirante,
non v'è alcun dubbio ch'egli sia il suo sposo
l'astuto acheo, navigatore errante.

49. Ulisse amato eroe ardimentoso
che ad Itaca non è mai più tornato
adesso è al suo cospetto, luminoso!

50. Le porse il palmo, lei trattenne il fiato,
la bianca mano timida protese
cercando il suo calor desiderato.

51. Contatto puro il tempo si sospese...
Lei stessa non avrebbe le parole
per render l'emozion che la sorprese.

52. Fu come il bacio tra la neve e il sole,
non c'è confine tra materia e raggio

e fondersi brillando il manto vuole.

53. Dono del cielo, nobile miraggio
calor divin che scalda il cuore umano
è Amor che dona agli uomini coraggio!

54. Occhi negli occhi, mano nella mano
mille parole nello sguardo muto
mille domande il cuor sussurra piano.

55. Se fosse lungo un secolo un minuto
quel tempo non sarebbe sufficiente
per dirsi ciò che avrebbero voluto.

56. E dalla luce emerse dolcemente
il suono caldo, l'adorata voce
che cominciò a parlar sommessamente:

57. "è poco a dir che sia dolore atroce
quello che avverto scorrerti nel sangue
dovuto all'abbandon troppo precoce.

58. Tesoro mio, passione che non langue,
cosa darei per asciugarti il pianto;
sebben defunto e in quanto tale esangue

59. ancor io fremo nello starti accanto;
e son felice di vederti in vita,
ringrazio Dio e il suo gabbiano santo.

60. Terreno fertile è la tua ferita
per coltivare seme di saggezza
e nel tuo viaggio non sarai smarrita

61. come noi fummo dopo la prodezza
di spinger nave nostra troppo al largo;
destin per me non volle la salvezza.

62. Ma or son qui col mio fedele Argo,
dov'è giustizia e v'è riposo eterno,
dov'è letizia e v'è sublim letargo.

63. Se genio uman dirà ch'io sia all'inferno,[2]
tu non temere, che così non volle
Colui che del Creato è il solo perno."

64. I sogni son talora come bolle,
sospesi in un'eterea dimensione
e appare il loro senso cosa folle.

65. Pur c'era in quel sognare percezione,
di una realtà che il tempo trascendesse
offrendo al divenir nuova visione.

66. Un'eco indefinito di promesse
e di indistinte faticose trame
nuovi percorsi che la donna tesse.

67. Chi a rinnovar destino sente fame
perché una sorte nuova si compisse

nel seno suo deve patir le lame...

68. Fu allor che con timor la donna disse:
"in questa luce bianca dimorare,
io e te insieme oh mio diletto Ulisse

69. ed altro più non voglio domandare;
non c'è più nessun'altra cosa al mondo
che possa il cuore mio desiderare!"

70. Fu tempo di un istante, un sol secondo,
nei lineamenti un'ombra lieve scese
il volto diventò meditabondo.

71. Solenne il tono nel parlar si accese,
irradia luce sua calor più forte
ed a parlar Ulisse acheo riprese:

72. "Destin per te non ha voluto morte,
un giorno noi sarem per sempre uniti
ma adesso spetta a te diversa sorte!

73. Darei risposta a tutti i tuoi quesiti
ma non mi è dato di svelare i piani
che il Cielo vuol per l'eroina arditi.

74. Posso sol dir che non saranno vani
i giorni tuoi raminghi e perigliosi,
e verrà un'alba in cui dalle tue mani

75. saranno orditi fili assai preziosi,
molto di più del funebre lenzuolo…
ma pria verranno tempi dolorosi!

76. Ben presto giungerai sul sacro suolo
dov'è Virginia,[3] lei sarà tua guida,
con vivo ardor ti mostrerà il tuo ruolo.

77. Insieme rivivrete dura sfida
di impavide eroine valorose
ed il dolor di chi morì suicida.

78. Darete voce ad ombre silenziose
che per sentieri e su percorsi angusti
la storia a dura prova sottopose.

79. Fragili fiori entro spinosi arbusti,
forgiate come l'oro dentro al foco
saranno fari solidi e robusti.

80. Ma quell'ardor sui libri resta fioco,
che celebrò poesia valor virile
ma per le donne ancora il canto è roco.

81. Marte guerriero al mondo vostro è ostile
e per timore d' esser sopraffatto
lascerà in ombra luce femminile.

82. Del lungo viaggio questo è l'antefatto,
nel tuo cammino non sarai mai sola.

A dirti altro io non sono adatto.

83. Appena desta in mare nero vola
anche se è notte non aver timore!"
Svanì nell'eco l'ultima parola,

84. sfumò nell'ombra il candido nitore...
Si risvegliò Penelope nel buio,
in petto battea forte lo stupore!

Canto IV

85. Passati i primi istanti di paura
dal nascondiglio scuro uscì furtiva,
negli occhi ancora viva la figura.

86. Nessuno lì nei pressi della stiva;
fissato in spalla l'unico bagaglio,
ben cauta lentamente risaliva.

87. Mai prima aveva messo a repentaglio
il viver suo prudente e misurato;
pulsava il cuore in seno come un maglio

88. ed il terrore le mozzava il fiato!
Raggiunto senza intoppo il ponte esterno
al cielo alzò lo sguardo suo estasiato...

89. Ispira sempre un fremito d'eterno
il vivido bagliore delle stelle
che rende l'Universo a noi paterno.

90. Un brivido le attraversò la pelle
se per il freddo neppur lei distinse
o l'emozion del gesto suo ribelle.

91. Nel mezzo del pensiero si dipinse
il monito di Ulisse in sogno apparso
e al limitar di nave si sospinse.

92. Sentore d'acre in gola come d'arso
parole rimbombanti nella testa
la voce dello sposo in mar scomparso:

93. "In mare nero vola appena desta";
un volo nell'abisso senza luce!
"Ardor che nutri valorose gesta

94. scalfisci in fretta lo sgomento truce
e donami la forza di saltare,
l'audacia che a salvezza mi conduce".

95. Come la pece scuro in basso il mare
avvolse in un abbraccio silenzioso
il corpo che riprese a respirare.

96. Un punto nel gran manto tenebroso
senza nessun riferimento intorno,
non sentì mai contesto più angoscioso.

97. In ogni dove e verso tutt'attorno
volse lo sguardo e splendida visione...
in luce fioca il litorale adorno!

98. Prese a nuotare in quella direzione
e lì per lì neppur si domandò

il senso della strana situazione.

99. A quel bagliore gli occhi suoi fissò
con la fiducia cieca dell'amore
che la visione in sogno le donò.

100. Era sicura non vi fosse errore,
non v'era ambiguità nelle parole:
"anche se è notte non aver timore!"

101. Stanchezza e freddo il corpo stanco duole
ma c'è un momento in cui la fede guida:
e sia così come il Signore vuole!

102. La vita per chi sogna è dura sfida
così sempre sarà, così era ieri,
ma vince alfin chi nell'Amor confida.

103. Sorretta sopra l'onda dei pensieri
si avvicinò Penelope alla spiaggia
nutrita da un sentor di giorni fieri.

104. Figura femminile luce irraggia
potea distinguer già dalla distanza
man mano che nel mare nero viaggia.

105. E ciò che avea intuito in lontananza
adesso ancor più etereo le pareva,
non crede agli occhi suoi mentre s'avanza.

106. Gentile nello sguardo sorrideva
e con la mano le faceva segno
di appropinquarsi a lei che l'attendeva.

107. Purezza estrema e nobile contegno
vibrava nella donna grazia tale
che esser non potea di mortal regno.

108. Come baglior riflesso nell'opale
candor lunar da lei si proiettava
con lampeggiar di niveo alone astrale.

109. Chi fosse mai colei si domandava
Penelope emergendo dalle acque
e con timor negli occhi la fissava.

110. "Penelope regina al Cielo piacque
che tu approdassi a queste sacre sponde"
e detto ciò con un sorriso tacque.

111. Flautata come vento nelle onde
la voce risuonò soavemente
e un senso di gran pace si diffonde.

112. Dissolta ogni paura nella mente
rimase il desiderio di sapere
chi accolse lei così teneramente.

113. "Conosco la risposta che vuoi avere"
riprese il canto a rivibrar nell'aria,

"ed affinché tu possa intravedere

114. starò di fianco a te intermediaria
tra il senso arcano del sublime viaggio
e l'opra di cui tu sei missionaria.

115. Sarò per te approdo ed ancoraggio
sarò tua guida in questa dimensione
ti nutrirò di fede e di coraggio.

116. Ti librerai in alto come Alcione[4]
oltre barriera di ogni quando e dove
che qui né tempo v'è, né direzione.

117. Alcione ebbe le ali da dio Giove,
da pio lamento mosso a compassione;
anche per te da sofferenze e prove

118. Dio buono formulò nuova ragione
per sublimare il senso di una vita
che presto sfocerà in grande azione.

119. Mai più ti sentirai inaridita
costretta a limitare le tue fonti
e scoprirai creatività infinita.

120. Oceani sconfinati cime e monti
che senza alloro al mondo son rimasti
unire tu dovrai con nuovi ponti.

121. Quando la terra tua abbandonasti
enorme varco nella storia hai aperto
itinerari ignoti disegnasti.

122. Ed il dolor che dentro te hai sofferto
diventerà una rorida sorgente
per far fiorire un arido deserto.

123. Vieni con me, ti mostrerò ampiamente
tante altre donne, ombre silenziose,
per molte fu lor fato sofferente”.

124. E detto ciò le mani sue radiose
le dieder forza a proseguire oltre
per quelle rive candide e sabbiose.

Canto V

125. "Difficile spiegare chi io sia!"
diss'ella proseguendo con premura,
ma prova a immaginar per utopia

126. di oltrepassare il tunnel nelle mura
del tempo immenso che me e te separa.
Sarà mostrata a te storia futura

127. spesso cruenta, troppe volte amara.
Fui io Virginia Woolf la scrittrice
che ebbe la poesia in seno cara.

128. Penelope, tu fosti promotrice
di ogni donna nella sola attesa
di esser sposa oppure genitrice;

129. fu raro che ci fosse altra pretesa
per noi al focolare destinate
nella sleale ed impari contesa

130. che al margine ci ha viste confinate!
Ci han sempre detto di essere inferiori,
per secoli siam state malmenate

131. per secoli recisi i nostri fiori!
E quelle che han provato a ribellarsi
dentro le carni hanno sentito i fori

132. finché non han dovuto assoggettarsi!
Fiumi di versi alla virtù maschile
poeti furon bravi a dedicarsi,

133. ma ci fu seme a impresa femminile
che in terra mai di alloro fu piantato?
Seppur donna, poesia resta virile!

134. A domandar può esser ti sia dato
che nel fluire della storia immenso
non v'è valor virgineo che sia nato!

135. Ti mostrerò ch' è invece molto denso
di eroiche alme questo litorale,
ma a celebrarlo non fu l'uom propenso!

136. La prima che ti mostro è provenzale,
Giovanna d'Arco,[5] ch'è ben nota al mondo,
ma la sua fama fu per lei fatale!

137. Si aprì davanti a lor varco profondo
in cui comparve una fanciulla bella,
coi lineamenti dolci e il volto tondo.

138. Splendea dentro una fiamma e in mezzo a quella
ad un destrier di nobile fattura

montava fiera in groppa alla sua sella.

139. Non c'è pugnale nella sua cintura
ma un giglio bianco puro come neve.
Si accinge a raccontar la sua avventura:

140. "umili origini e modesta pieve,
insolita e rovente la mia sorte
fu aspro il viver mio e fu anche breve,

141. che a meno di vent'anni trovai morte
per aver ruolo mascolin sfidato
ed esser stata condottiera forte!

142. Mi disser pazza per aver osato
la man di un pretendente rifiutare
e aver così il ruolo mio oltraggiato!

143. Ma io non mi volevo maritare!
C'era nei sogni miei altra missione:
il popolo volevo liberare

144. da man straniera stretto in oppressione
e in tal desio ho così creduto
che mi pareva d'essere ossessione!

145. Per realizzare questo ho combattuto
con tutte le mie forze e il mio volere
finché il nemico in mano mia è caduto!

146. Forte la fede, molte le preghiere
ciò nonostante pure fui tradita
e non vi fu giustizia nel potere

147. di chi crudel mi consegnò ferita
e mi costrinse a truce prigionia
senza riconoscenza né insignita.

148. Assurda ed insensata l'agonia
legata ad un processo a porte chiuse
in cui fu fatta a pezzi l'alma mia.

149. Per condannare a vuoto mille scuse
è in grado di accampar la mente umana
e a questo molte donne sono aduse.

150. Non c'era dubbio che io fossi strana
tacciata d'eresia e d'esser strega,
qualunque soluzion sarebbe vana

151. da opporre a chi senza ragione nega
ogni valor nel cuore di pulzella
e ai margini del mondo la rilega.

152. Rinchiusa molti mesi in una cella
pensavo che se uomo fossi nata
sarebbe ben migliore la mia stella.

153. Ma in femminile corpo imprigionata
non vi fu scampo e con l'inquisizione

a triste fine io fui condannata.

154. Vissi con dignità la mia prigione,
anche nel giorno estremo dentro al fuoco
pregai pel mondo ogni benedizione".

155. Finito di dir ciò rimase un poco
assorta con lo sguardo al ciel rivolto,
il suo splendor divenne un po' più fioco.

156. Penelope allibita nell'ascolto
avea sentito un'emozione forte,
scorrevano le lacrime sul volto.

157. "E come lei mille altre ancor son morte"
così Virginia tenne a precisare
"nel fuoco terminò la loro sorte;

158. anime il cui peccato fu ostentare
l'uso di erbe come una magia
con il potere buono di curare;

159. ma dall'accusa di stregoneria
non c'era via di scampo né pietà:
al rogo condannate e così sia!

160. Vergini di ogni rango e di ogni età
furono brutalmente assassinate,
e insieme a lor bruciò la verità:

161. la verità che esse siano state
uccise per timor del loro ingegno
piuttosto che per quello rispettate.

162. Brutal violenza e micidiale impegno
usati per reprimer l'espressione
del genio femminil pensato indegno

163. d'arte di religion scienze e ragione!
Ogni valore è stato sterminato,
schiacciato al peso dell'umiliazione

164. oppresso, vilipeso, violentato!
Inferiori d'intelletto e di virtù
ci fu da sempre imposto il nostro stato:

165. nessuna ambisca ad aspirar di più
che a maritarsi e a generare figli,
chi trasgredì sempre punita fu!"

166. Superbe di splendore come gigli
si acceser mille fiamme nella notte
s'infervorò il silenzio di bisbigli.

167. Un coro si sentì di voci rotte
strazianti in un lamento senza eguali
un canto di dolor di enormi frotte:

168. "A noi tarpate furono le ali
stroncati i sentimenti ed i pensieri

dovemmo sopportar tempi ferali.

169. Avremmo elaborato volentieri
le conoscenze e i doni della mente
ed esplorato i nobili saperi

170. dell'arte e delle scienze alacremente;
quante di noi sarebbero dottori
poeti o musicisti tra la gente?

171. Avremmo dato al mondo dei tesori
che tutti in fumo sono andati invece
insieme ai nostri corpi, senza onori.

172. Divenne il litorale come pece
quando quel cor di fiamme si dissolse
e come lor anche Giovanna fece.

173. Gli occhi smarriti alla sua guida volse
Penelope a cercar come conforto;
gran turbamento in lei Virginia colse.

174. E pria ch'altra visione avesse scorto
lasciò che la tension trovasse sfogo
e dolcemente offrì il suo supporto.

Canto VI

175. Dacchè era giunta lì a notte fonda
ancor non avea detto una parola
per l'emozion che in sen sentia profonda.

176. Il nodo di paura stretto in gola
si sciolse d'improvviso con il pianto:
Virginia era con lei, non era sola!

177. E di coraggio ce ne volle tanto
pria che il pensiero nella mente chiuso
si tramutasse in suono e in flebil canto:

178. "un vortice di immagini confuso
non riesco a decifrare nella testa,
non è a tal emozion mio cuore aduso!

179. Mi è giunta l'eco dell'eroiche gesta
che la fanciulla in sella pria narrò
e l'amarezza delle fiamme mesta.

180. Ma tutto questo insieme turbinò
e donde sia venuto e poi sfumato...

aiutami a capire, riuscirò?"

181. "L'eco del tempo il Cielo ha consegnato
a te eroina di una storia antica
e quel che a te è futuro a me è passato.

182. Questo affinchè un dì mai più si dica
che il ruolo delle donne è marginale;
quel dì, di ogni donna sarai amica.

183. E senza distinzion ruolo centrale
insieme all'uomo finalmente avrà
quel "lembo" che ci dissero "costale"[6]

184. per imporre su di noi l'autorità
legittimata dal voler di Dio:
non è così, fu per meschinità!

185. Perché colui che impone il proprio io
ergendosi sugli altri superiore
è un egoista che finge d'esser pio;

186. non c'è nel cuore suo nessun amore
perché l'amore unisce non divide
e chi divide porta in sé l'errore.

187. L'errore provocò enormi sfide
di cui tu dovrai dar testimonianza
oltre stagione che mortal ti vide.

188. Tieni viva nel cuore la speranza
perché verranno giorni assai migliori
in cui ogni donna avrà per sé una stanza

189. dove coltiverà grandi valori
che non saranno abiti e gioielli
ma della mente i nobili tesori.

190. Per arrivare a ciò molti duelli
verranno strenuamente combattuti;
il ruolo mio è a te mostrare quelli,

191. il tuo è che non vadano perduti,
perché rimanga viva la memoria
dei tempi che si sono già adempiuti.

192. Che venga data meritata gloria
a chi con la sua scelta coraggiosa
nuovi percorsi ha scritto della storia."

193. Ciò detto lei rimase silenziosa
e apparve d'improvviso una caverna
e dentro quella un'ombra luminosa.

194. Portava con la mano una lanterna
e quella fiamma calda e lampeggiante
è diventata nella storia eterna.[7]

195. Vesti semplici aspetto affascinante,
Penelope osservò la sua fierezza

il portamento snello ed elegante.

196. Negli occhi una raggiante lucentezza
mentre rivolse a loro la parola:
"donare cure ed amorevolezza

197. fu la missione mia fin da figliuola;
io volli migliorar le condizioni
di chi malato fu tra le lenzuola

198. oppur ferito e senza esitazioni
partii per la Crimea che era in guerra
incurante di tutte le obiezioni

199. di chi mi tratteneva in Inghilterra.
Non c'è forza che possa dissuadere
chi nelle mani un grande sogno afferra.

200. E io afferravo il sogno di volere
delle infermiere pronte all'assistenza
che fossero professioniste vere

201. e che il mestiere loro fosse scienza
mai più considerato senza stima.
Per questo annotai ogni carenza

202. usando la statistica per prima
come sistema per l'osservazione
della salubrità da fondo a cima.

203. Acqua pulita ed alimentazione
calore ed instancabile lavoro
assicurai con ferma abnegazione.

204. E dello sforzo il più gran tesoro
fu quella scuola presso l'ospedale
che de' miei insegnamenti ha fatto oro.

205. Quello che oggi sembra sia normale
fu conquistato con enorme impegno
e niente nella vita è casuale.

206. Mi chiamo Florence, questo è il disegno
che il Cielo ti ha voluto consegnare
perché rimanga nell'alloro degno".

207. E detto questo smise di parlare.
'Mi sembra incomprensibile il mistero
che nella storia possa mai arrivare

208. un tempo in cui noi donne per davvero
nel mondo avremo così tanta parte!'
Fu questo di Penelope il pensiero.

209. "Ci occuperemo delle scienze e d'arte
e d'ogni aspetto della conoscenza
oltre che d'esser madri, mogli e sarte.

210. Un po' alla volta avremo la coscienza
di quel valore innato che c'è in noi

ma ch'è rimasto secoli in potenza.

211. Saremo anche noi donne degli eroi!"
Florence rispose alla domanda muta
e brillò un raggio dentro gli occhi suoi.

212. "Ma al fin che questa storia sia adempiuta
dovremo credere di più in noi stesse,
dare prova di intelligenza arguta!"

213. Lo sguardo verso l'alto infin diresse
e quel candore si dissolse piano;
ma pria che la sua luce si spegnesse

214. Virginia sulla destra alzò la mano
dove una nuova luce già splendeva
segnando il percorso da lontano.

Canto VII

215. Nel tragitto dirette alla meta
rimasero in silenzio le due donne
attraversando il buio della pineta.

216. Di fianco alla figura due colonne
di bianco marmo alte e rilucenti
fendevano con lei la notte insonne.

217. Fissi nella visione gli occhi attenti
Penelope avanzava come spinta
da sensazion di nobili portenti.

218. Dall'esperienza surreale avvinta
sentiva vibrazion di sano orgoglio
e nascer dentro un'inattesa grinta.

219. "Essere come lor davvero voglio:
fiera, decisa, giusta e coraggiosa
di nuova umanità vivo germoglio.

220. Di Ulisse sono stata onesta sposa
e non rinnego certo il mio passato
ma un vel di novità su me si posa."

221. Accelerò i suoi passi e d'un sol fiato
si mosse con Virginia verso il punto
di luce vivida e splendente ornato.

222. E quando il luogo ebbero raggiunto
in mezzo alle colonne in piedi stava
un corpo tanto gracile, consunto

223. che con difficoltà chi lo ammirava
riusciva a immaginar la provenienza
dell'energia raggiante che emanava.

224. C'era negli occhi suoi tale potenza
profondità di Spirito e vigore
la luce di una viva intelligenza!

225. "Vissi la mia esistenza con ardore
con attenzione al mondo e al suo futuro,
amor di conoscenza fu il motore."

226. Vibrava in quella voce un suono puro
flebile e insieme solido avvincente,
un tono dolce eppur forte e sicuro.

227. "Levi il maestro, Cohen lo studente[8]
le colonne che splendono ai miei fianchi
sorressero lo sforzo della mente,

228. di lavorar non furono mai stanchi
e confidarono nel sogno e nel progetto

della signora coi capelli bianchi!"

229. Dicendo ciò sorrise con affetto.
"Decisi di studiare medicina
e suscitai nel padre gran dispetto:

230. non s'addiceva ad una signorina!
Ma perseguii lo stesso l'obiettivo
e in questo mi sostenne mia cugina.

231. Studiammo con rigore e impegno vivo
e insieme entrammo all'università
armate di un volere combattivo!

232. Innumerevoli le avversità
in quel periodo buio della storia
di guerra e morte per l'umanità.

233. Uscirne vivi fu una vittoria
e a casa tornai solo per un po',
ma volsi presto altrove la mia gloria.

234. Il frutto degli studi mi donò
grandi soddisfazioni e la scoperta
che il mondo con il premio celebrò.

235. Ma la più grande gioia di cui son certa
è stata di lasciare il mio messaggio
che l'esistenza vada spesa e offerta

236. per il servizio agli altri con coraggio.
Ed alle donne soprattutto dico
di liberarsi in fretta dall'ostaggio

237. di quel retaggio culturale antico
che ci ha tenute secoli legate
e al potenziale nostro è assai nemico.

238. A grandi imprese siamo destinate:
pace e giustizia a cui il mondo aspira
in mano nostra vengono affidate.

239. Funesta tante volte sarà l'ira
che tenterà di spegnere il valore,
ma alfin la storia, verso il bene vira".

240. Grande fu nell'ascolto lo stupore
della regina d'Itaca raminga
che d'esser donna sente nuovo onore.

241. Non ci sarà bisogno che lei finga
con i vestiti d'esser uomo un giorno,
sarà qualcosa in più che casalinga.

242. Raggiante il volto d'un sorriso adorno,
gli occhi un istante persi nei pensieri
alla figura fecero ritorno:

243. "ringrazio Dio di avermi offerto ieri
d'essere in questo viaggio testimone

di quelle donne che son state alfieri

244. e della vita presero il timone
dimostrando con forza l'intelletto
che soffocare è un'aberrazione.

245. Sono onorata d'essere al cospetto
di chi il futuro della storia scrisse
rivolto a voi è tutto il mio rispetto.

246. Sarete per me stelle in cielo fisse
a illuminare il passo sul percorso
che m'indicò nel sogno il caro Ulisse.

247. Vieni ti prego adesso in mio soccorso:
vorrei che a me il tuo nome tu dicessi
prima che del cammin prosegua il corso".

248. "Se al mondo di tornar potere avessi
continuerei a studiare senza sosta
per coltivare ancora gli interessi

249. e a chi è malato dare una risposta.
La scienza fu per me il grande amore
e a maritare un uom mi sono opposta

250. per dedicare a lei tutto il mio cuore;
Rita di Montalcini è il nome mio".
nel pronunciarlo crebbe il suo bagliore

251. e prima di potersi dire addio
la lucentezza già si dissolveva
lasciando intorno un lieve scintillio.

Canto VIII

252. Dalle emozioni forti sopraffatta
sentì Penelope il suo corpo stanco
ma di sapere la sua mente è attratta:

253. "Virginia cara, tu che sei al mio fianco,
apprendo con stupore le conquiste
delle eroine di splendore bianco.

254. Ardenti di passione io le ho viste,
ciascuna con un grande sogno in petto
e di coraggio immenso ben provviste.

255. Ma come donna il bisogno ammetto
di generare e dare al mondo un figlio,
di essere madre e partorire affetto.

256. Rendimi dunque chiaro il tuo consiglio
e quale il compromesso da accettare";
le chiese tutto questo in un bisbiglio.

257. Volse Virginia gli occhi verso il mare
che sciabordava scuro sulla costa

e attese un poco prima di parlare.

258. Poi giunse lentamente la risposta:
"la libertà di scelta, quella vera,
è come un'aquila al vento esposta;

259. la vedi in alto e a te sembra leggera
e aver le ali come lei vorresti,
librarti in cielo sopra la bufera

260. sugli orizzonti limpidi e celesti.
Ma tu non senti del suo corpo il peso
e la tension che affronta nei suoi gesti,

261. l'abilità del muscolo proteso
e l'energia, lo sforzo senza eguali
che il suo volar richiede d'esser speso.

262. Lo stesso peso hanno gli ideali
e chi raggiungerli nel cuore sente
deve soffrir lo sforzo nelle ali,

263. saper remare contro la corrente
e spingersi con forza oltre quel muro
di chi ti osteggia e resta diffidente.

264. Le anime protese nel futuro
son come aquile nella tempesta,
fasci di luce nel presente oscuro.

265. In quanto alla question da te richiesta,
sono state e saranno numerose
le donne le cui valorose gesta

266. hanno preteso scelte dolorose:
ma anche se non sono genitrici
sono pur sempre madri generose

267. perché d'amore furono fattrici
e il loro amore è nobile e sincero
offerto con enormi sacrifici,

268. rivolto con pietà al mondo intero.
Terreno fertile è la loro vita
di un sentimento grande, puro, vero!

269. Non ti sentir perciò così smarrita,
che altri sono stati i compromessi
e le rinunce lungo la salita:

270. sopprimere nel buio gli interessi,
temer come peccato l'ambizione
che riservati all'uom sono i successi!

271. Scrivere o ragionar: 'la perdizione!
Le donne sono fatte per tacere,
per l'umiltà e la sottomissione!'

272. Ora conoscerai tre romanziere
e quale fu la loro strategia

per superare ostacoli e barriere."

273. E con la mano indicò una scia
fatta di un raggio tenue della luna,
apparsa innanzi a lor come una via.

274. Quel raggio si posò sopra una duna
in cima a cui tre giovani donzelle[9]
sostavano irradiando la laguna

275. con un bagliore simile alle stelle.
Si somigliavano nei lineamenti
e nell'amor pei libri, le sorelle;

276. si rivelaron esser dei talenti,
spiegò così Virginia nel cammino
verso le tre scrittrici sorridenti.

277. Man mano che a lor giungono vicino
Penelope distingue i loro volti
e le saluta con il capo chino.

278. Parlò la prima coi capelli sciolti:
"sono Charlotte, di quello scritto autrice
che lasciò tanti uomini sconvolti

279. per le vicende di chi fu felice
di esser donna colta e indipendente
grazie al lavoro come istitutrice.[10]

280. Ma fui costretta paradossalmente,
per avere il favore dei lettori,
a firmare con nome differente:

281. pseudonimo maschile ebbe gli onori
che come donna non avrei mai avuto,
forse, piuttosto, toni derisori!

282. L'uomo purtroppo è ancora prevenuto
ad ammettere il genio femminile
e il pregiudizio non è mai d'aiuto.

283. Portammo come autrici un nuovo stile
ed il romanzo usammo come mezzo
per affrontare un mondo a noi ostile.

284. Di strada ce n'è tanta e questo pezzo
ne rappresenta un luminoso raggio;
ricorda ogni conquista ha il suo prezzo.

285. Penelope, tu dopo questo viaggio
ti farai del messaggio portatrice
e a tante donne donerai coraggio:

286. 'cent'anni ancora', disse la scrittrice,
'una stanza, il silenzio necessario,
ed Eva di poesia sarà fattrice'.[11]

287. E quel prezioso telo funerario [12]
che è stato l'opera delle tue mani

diventerà ben presto secondario

288. quando 'il velame de li versi strani' [13]
si squarcerà e ti sarà ben chiaro
qual è il tesoro vero del domani.

289. Sarai nel mare scuro un bianco faro
che nella notte pria dell'alba splende
e rende l'aspettare meno amaro.

290. L'ardore femminile non si arrende
e la poesia che un tempo fu taciuta
è pronta per sgorgare e già si accende

291. la speranza che verrà adempiuta
la profezia annunciata dalla guida
che è qui con te e nel capir t'aiuta.

292. Accetta con coraggio l'ardua sfida
di scolpire nei versi l'esperienza:
Virginia con amore in te confida!

293. Con le parole prendi confidenza
e imprimi nel fluire della rima
la forza, l'intelletto, la sapienza.

294. Poich' è nella poesia che si sublima
in ogni tempo degli eroi la gloria
e ciò per noi non è successo prima!

295. La tua testimonianza nella storia
sarà un'epopea di grandi gesta
che senza guerra ottennero vittoria.

296. Paura non aver, non esser mesta;
ricevi il privilegio come un dono:
il sole splende dopo la tempesta."

297. La bella voce riecheggiò in un suono
nitido ed al contempo vigoroso,
poi si smorzò fondendosi nel tuono.

298. Divenne a un tratto il cielo nuvoloso
e le tre luci furono inghiottite
in un fragor di vento burrascoso.

Canto IX

299. Penelope fu avvolta nelle spire
di un vortice di tenebra possente
e le sembrò d'un tratto di morire.

300. Non vede la sua guida ma ne sente
il canto generoso il suo consiglio:
"non posso esser con te nella corrente

301. del tempo che ti porta oltre quel ciglio
tra chi è vissuto e chi è ancora in vita,
ma la mia voce ti sarà d'appiglio.

302. Nel petto brucerà una gran ferita
per quello che ti è dato di vedere
ma non temer, non essere smarrita,

303. che anche nelle tenebre più nere
non smette di brillare la speranza,
madre delle conquiste più sincere."

304. Il vortice e la sua furiosa danza
si placano e la tenebra scompare,
il vento si dissolve in lontananza.

305. Nebbiosa l'atmosfera intorno appare
e come in sogno immagini sfumate
che non riesce bene a decifrare.

306. Davanti a lei tre giovani velate
bisbigliano e camminano veloci,
le sembrano nervose e spaventate.

307. Dei colpi ora risuonano feroci
e cade una fanciulla stesa a terra,[14]
le grida di terrore sono atroci.

308. Una gran folla attorno a lei si serra
scorre il sangue sul viso suo innocente,
bellezza deturpata dalla guerra!

309. Penelope una spina in seno sente,
vorrebbe urlare forte il suo tormento:
'perché cotanto male il Ciel consente?'

310. Ma non si muta in suono il suo lamento:
la voce le rimane soffocata,
negato le è persino il movimento.

311. Nell'incubo rimane incatenata,
riavvolta dalle spire tempestose
del tempo che l'aveva lì portata.

312. "Al mondo sono troppe quelle cose
che la ragione umana non comprende,

terribili, violente, spaventose."

313. Il canto di Virginia si riaccende,
conforto nel tornado tenebroso,
quel vortice in cui il tempo si sospende.

314. "Nel disegno divino e misterioso
in cui ciascuno lotta, soffre e spera,
è sempre vivo il seme prodigioso

315. muto in inverno, vivo a primavera.
La forza che risiede nel Creato
è nel lampo che scuote l'atmosfera?

316. è nel tuono che rimbomba col boato
o nelle rocce dalla dura asprezza?
è forse nel soffiare disperato

317. del vento o nella silenziosa brezza?
La forza del Creato più feconda
s'asconde nella fragile purezza

318. dei fiori e del profumo che circonda
di vita e di dolcezza la natura
e di bellezza ogni cosa inonda.

319. Malala è una bambina così pura
un fiore dal profumo delicato,
un raggio di speranza nell'arsura.

320. La voglia di studiare il suo peccato!
E aver gridato al mondo il suo diritto
è stato questo il nobile reato

321. che provocò l'ignobile delitto!
Ma ciò che è fragile diventa forte,
ricordi l'uomo ciò che è stato scritto!

322. La ferita non le causò la morte
ed ora la fanciulla è viva e sana
e un dono per noi tutti è la sua sorte!

323. la voce della dolce Pakistana
non si è zittita anzi è ancor più intensa,
fresco baglior nell'ora antelucana!"

324. La spirale del tempo nera e densa
si dileguò lasciando l'eroina
in una sala affollata e immensa.[15]

325. Al centro stava in piedi la bambina,
un fiore rosa con il velo in testa
fiera, regale come una regina.

326. Ed a parlare adesso lei si appresta:
"capiamo della luce l'importanza
quando l'oscurità il mondo infesta,

327. ma l'istruzione arresta l'arroganza
di chi si sente forte con la spada

perché la penna più veloce avanza!

328. Corriamo con fiducia sulla strada
mostrataci da chi insegnò la pace
finché l'amore tutti noi pervada.

329. Che ogni bambino studi è il sogno audace
che porto in cuore ed oggi manifesto
con l'energia di cui sono capace.

330. E con onore il bianco scialle vesto
di colei che ha sfidato i talebani[16]
pagando con la morte il proprio gesto.

331. Noi donne siamo i fari del domani,
perché vogliamo pace ed uguaglianza
e con la voce e con le nostre mani

332. lottiamo unite contro l'ignoranza,
sfidiamo con coraggio gli oppressori:
la storia mia ne sia testimonianza!

333. L'istruzione è il più grande dei tesori:
bambini libri penne ed insegnanti
daranno al mondo solidi valori!"

334. Fulgor negli occhi come di diamanti
splendea nel volto bruno di Malala
mentre le sue parole limpide e raggianti

335. attraversavano la grande sala.
Penelope commossa e silenziosa
ringrazia Dio per ciò che le regala,

336. nel cuore la preghiera fiduciosa:
'aiutami a portare frutti buoni
dall'esperienza mia meravigliosa.'

Canto X

337. "Nessuna prece al mondo andrà mai persa
che nasca da intenzione generosa,
da un'anima gentile, pura e tersa."

338. La voce di Virginia melodiosa
risuona come un'eco da lontano
soffusa di dolcezza contagiosa.

339. Le palpebre riapre piano piano
Penelope che emerge dall'abisso
con il sentor di un sogno bello e strano.

340. Lo sguardo alla sua guida muto e fisso
esprime l'incertezza nel capire
di quanto il ver dall'irreal sia scisso.

341. "Ti è stato dato accesso all'avvenire
sicché ogni cosa che tu hai visto e udito
il mondo possa un giorno custodire

342. nell'armonia del verso e dell'ordito
che le tue mani esperte tessiranno
ma che con le parole andrà cucito!

343. I fili della storia le uniranno
legandole nel flusso narrativo
e del racconto un quadro tingeranno

344. grazie allo sforzo fertile e creativo
nato da quel dolor che ti ha condotta
sul litorale buio ed arbustivo.

345. Da qui t'attende una nuova rotta
e il tempo in cui stanotte tu hai viaggiato
la vita tua in altra vita adotta."

346. Il corpo di Penelope adagiato
si sollevò fremente a mezzo busto;
perplessa, si sentì mancare il fiato.

347. Disorientata ancora dal trambusto,
dal vortice del tempo e degli eventi
non crede di afferrare il senso giusto

348. delle emozioni e degli accadimenti,
delle parole "vita in altra vita"
che sono misteriose e trascendenti.

349. Virginia nel silenzio buio addita
con la sua mano bianca l'orizzonte
ed a guardare oltre il mar l'invita:

350. "l'alba che già s'appresta fa da ponte
tra il mare buio e l'oscuro cielo

e di una nuova vita sarà fonte.

351. Presta attenzion a ciò che ti rivelo
che il tempo che ci resta invero è corto
e ad illustrare il tuo destino anelo.

352. Prima che il sole caldo in ciel sia sorto
rinascerai in un'epoca lontana
e troverai nella poesia conforto.

353. Fin da fanciulla avvertirai l'arcana
e magica attrazion per la scrittura
che sarà in te una forza sovrumana,

354. talento innato, dono di natura,
un fiume senza argini e barriere
che tu coltiverai con grande cura,

355. con senso di rispetto e con piacere.
Vivrai in un tempo in cui sarà gradito
lo sforzo delle donne nel sapere.

356. Per molti anni resterà sopito
l'atavico ricordo del tuo viaggio
e dormirà nel seme il sogno ambito.

357. Ma quando il seme si risveglia a maggio
dal grembo partorisce il suo germoglio
e in un istante nascerà il coraggio.

358. L’oceano di parole con orgoglio
potrà fluire senza inibizione:
il mare non si accorge dello scoglio,

359. e non sarà peccato l’ambizione!”
Tacquero nella luce le parole,
intensa dentro al seno l’emozione.

360. E nel silenzio in cui s’accese il sole
vibrò la nota acuta di un vagito:
“e sia così, come Dio buono vuole!”

N.d.a.

[1] [Strofa 29] Riferimento al celebre verso della canzone "Via del Campo" di Fabrizio De André: "dai diamanti non nasce niente, dal letame nascono i fiori".

[2] [Strofa 63] Riferimento alla "Divina Commedia" dove Dante Alighieri colloca Ulisse nell'Inferno (canto XXVI) tra i consiglieri fraudolenti.

[3] [Strofa 76] Virginia Woolf, (Londra, 25 gennaio 1882 – Rodmell, 28 marzo 1941), è stata una scrittrice, saggista e attivista britannica. Considerata come una delle principali figure della letteratura del XX secolo, attivamente impegnata nella lotta per la parità dei diritti tra i due sessi. Tra le altre opere è autrice del saggio "Una stanza tutte per sé", inno al genio e alla creatività artistica femminile.

[4] [Strofa 116] Alcione è un personaggio della mitologia greca che ricevette le ali in dono da Zeus.

[5] [Strofa 136] Giovanna d'Arco (Domrémy, 6 gennaio 1412 – Rouen, 30 maggio 1431), è un'eroina nazionale francese, venerata come santa dalla chiesa cattolica; nota anche come "la Pulzella d'Orleans".

[6] [Strofa 183] Riferimento biblico alla costola di Adamo da cui venne creata Eva.

[7] [Strofa 194] Florence Nightingale, (Firenze, 12 maggio 1820 – Londra, 13 agosto 1910) è stata un'infermiera britannica nota come "la signora con la lanterna". È considerata la fondatrice dell'assistenza infermieristica moderna, in quanto fu la prima ad applicare il metodo scientifico attraverso l'utilizzo della statistica.

[8] [Strofa 227] Rita Levi-Montalcini (Torino, 22 aprile 1909 – Roma, 30 dicembre 2012) è stata una neurologa e senatrice a vita italiana, Premio Nobel per la medicina nel 1986. L'istologo Giuseppe Levi con cui cominciò gli studi sul sistema nervoso, e il biochimico Stanley Cohen suo allievo, ai quali si fa riferimento nel testo, sono state due figure importanti nella vita della illustre scienziata.

[9] [Strofa 274] Le sorelle Brontë (Charlotte, Emily e Anne), sono un trio di scrittrici vittoriane della prima metà dell'Ottocento, famose per aver pubblicato tre romanzi nello stesso anno 1847 che conobbero largo successo di critica.

[10] [Strofa 279] "Jane Eyre" è il romanzo capolavoro della scrittrice inglese Charlotte Brontë, uscito nel 1847 sotto lo pseudonimo maschile di Currer Bell.

[11] [Strofa 286] Riferimento al saggio di Virginia Woolf "Una stanza tutta per sé" dove l'autrice incita l'universo femminile ad esprimere il proprio potenziale artistico, creativo ed intellettuale.

[12] [Strofa 287] Riferimento al telo funerario per il suocero Laerte, che Penelope tesseva di giorno e sfilava di notte in attesa del ritorno di Ulisse.

[13] [Strofa 288] Riferimento alla "Divina Commedia", Inferno IX, vv. 61-63: "O voi ch'avete li 'ntelletti sani,/ mirate la dottrina che s'asconde/sotto 'l velame de li versi strani".

[14] [Strofa 307] Malala Yousafzai (12 luglio 1997) è un'attivista pakistana. È la più giovane vincitrice del Premio Nobel per la pace, nota per il suo impegno per l'affermazione dei diritti civili e per il diritto all'istruzione. All'età di 11 anni è diventata celebre per il blog, da lei curato per la BBC, nel quale documentava il regime dei talebani pakistani, contrari ai diritti delle donne e la loro occupazione militare del distretto dello Swat. Il 9 ottobre 2012 è stata gravemente colpita alla testa da uomini armati saliti a bordo del pullman scolastico su cui lei tornava a casa da scuola. Ricoverata nell'ospedale militare di Peshawar, è sopravvissuta all'attentato dopo la rimozione chirurgica dei proiettili.

[15] [Strofa 324] Il 12 luglio 2013, in occasione del suo sedicesimo compleanno, Malala Yousafzai parla al Palazzo di Vetro a New York, indossando lo scialle appartenuto a Benazir Bhutto e lanciando un appello all'istruzione delle bambine e dei bambini di tutto il mondo. Celebri le sue

parole: «un bambino, un maestro, una penna e un libro possono cambiare il mondo».

[16] [Strofa 330] Benazir Bhutto (Karachi, 21 giugno 1953 – Rawalpindi, 27 dicembre 2007) è stata una politica pakistana. Ha ricoperto per due volte la carica di Primo ministro: dal 1988 al 1990 e dal 1993 al 1996. La Bhutto trovò la morte il 27 dicembre 2007 in un attentato avvenuto al termine di un suo comizio a Rawalpindi, a circa 30 km dalla capitale Islamabad.

INDICE